KU-562-263

A

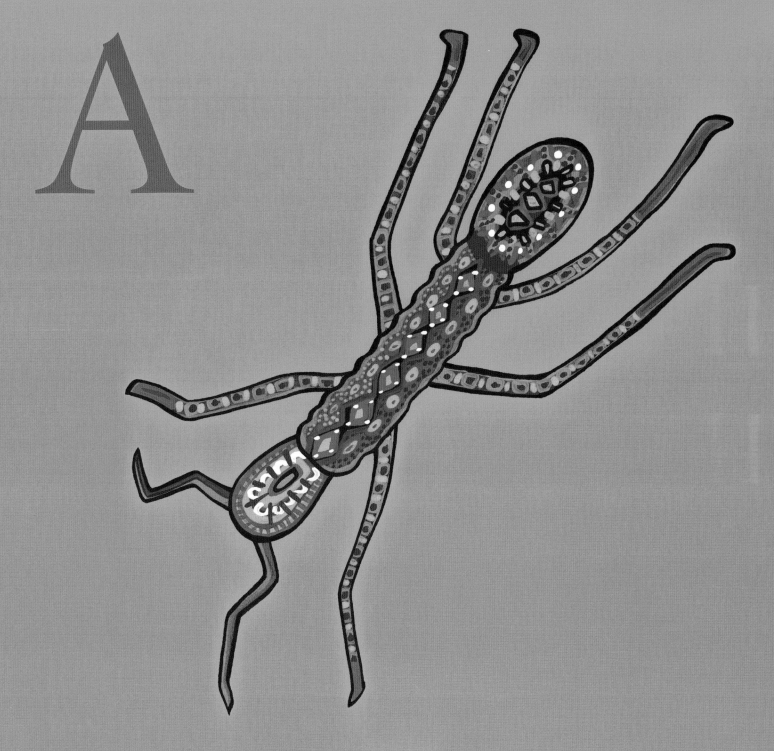

ant

B

bandicoot

C

cockatoo

D

dingo

E

echidna

F

frog

G

goanna

H   I

honeyeater   ibis

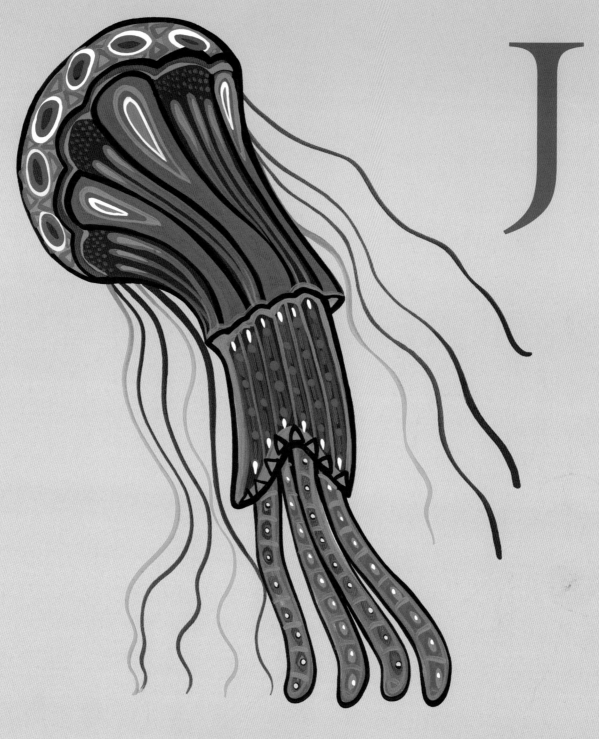

J

jellyfish

K

kangaroo

L

lyrebird

M

mouse

N
night
hawk

O owl

P

Q

possum   quoll

R

robin

S

snake

T

turtle

U Ulysses butterfly

V velvet worm

W

wombat

X

x-ray

yabby

Y